Los obreros de la construcción

Quinn M. Arnold

semillas del saber

CREATIVE EDUCATION
CREATIVE PAPERBACKS

Publicado por Creative Education y Creative Paperbacks
P.O. Box 227, Mankato, Minnesota 56002
Creative Education y Creative Paperbacks son marcas editoriales de The Creative Company
www.thecreativecompany.us

Diseño de Ellen Huber; producción de Christine Vanderbeek
Dirección de arte de Rita Marshall
Traducción de Victory Productions, www.victoryprd.com
Impreso en los Estados Unidos de América

Fotografías de Alamy (Folio Images, Jake Lyell), Shutterstock (COOLKengzz, DutchScenery, Mike Flippo, GIRODJL, goodluz, ifong, Dmitry Kalinovsky, Andreas G. Karelias, Levent Konuk, kuponjabah, LifetimeStock, Menna, michaeljung, Vladimir Nenezic, pbombaert, Csaba Peterdi, Catalin Petolea, Photographee.eu, sculpies, vanchai)

Información del Catálogo de publicaciones de la Biblioteca del Congreso is available under PCN 2017935646.
ISBN 978-1-60818-927-4 (library binding)

TABLA DE CONTENIDO

¡Hola, obreros de la construcción!

26'/8m

Los obreros de la construcción hacen escuelas, hospitales y casas. Ellos trabajan en carreteras y puentes. Ellos hacen parques.

Un obrero de la construcción es parte de una cuadrilla. Las cuadrillas trabajan afuera y adentro. Algunas incluso trabajan de noche.

Una cuadrilla derriba un edificio viejo. Luego, los obreros construyen uno nuevo.

Las cuadrillas reparan carreteras y también las construyen nuevas.

Los obreros de la construcción son fuertes y usan herramientas eléctricas en su trabajo.

Algunos conducen camiones grandes

Los obreros de la construcción quieren mantener su seguridad. Ellos usan cascos y botas pesadas. Muchos también usan chalecos brillantes.

Los obreros construyen y reparan cosas. Ellos trabajan duro para que las comunidades sean más fuertes.

¡Adiós, obreros de la construcción!

Imágenes de un obrero de la construcción

casco
chaleco de seguridad
planos de construcción

Palabras que debes saber

cascos: sombreros protectores duros que se usan en los sitios de construcción

cuadrilla: grupo de personas que trabajan juntas

Índice